阳光文库

王怀凌 —— 著

萧关内外

黄河出版传媒集团
阳光出版社

图书在版编目（CIP）数据

萧关内外 / 王怀凌著. -- 银川：阳光出版社，
2024. 7. -- (阳光文库). -- ISBN 978-7-5525-7501-9

Ⅰ. I227

中国国家版本馆CIP数据核字第20244SM362号

阳光文库　萧关内外

王怀凌　著

责任编辑　申　佳
封面设计　晨　皓
责任印制　岳建宁

黄河出版传媒集团
阳　光　出　版　社　出版发行

出 版 人　薛文斌
地　　址　宁夏银川市北京东路139号出版大厦（750001）
网　　址　http：//www.ygchbs.com
网上书店　http：//shop129132959.taobao.com
电子信箱　yangguangchubanshe@163.com
邮购电话　0951-5047283
经　　销　全国新华书店
印刷装订　三河市嵩川印刷有限公司
印刷委托书号　（宁）0030176

开　　本　710 mm×1000 mm　1/16
印　　张　10.25
字　　数　150千字
版　　次　2024年7月第1版
印　　次　2024年7月第1次印刷
书　　号　ISBN 978-7-5525-7501-9
定　　价　38.00元

目录
CONTENTS

第三辑 · 后来

第四辑 · 萧关内外

第五辑·草木经

第一辑　道盘六重

道盘六重（组诗）

一

我们已经很久没叫它陇山了，陇山

和地球上众多的地名一样，在朝代更迭

江山易主的洪流中，被新的命名模糊

从此，江湖上隐姓埋名

但龙脉犹在，龙脊坚挺，孤傲地横亘于祖国西北版图

成为泾河与渭河发祥的分水岭

黄土高原异峰突起的水塔或绿岛

远古而又清晰的记忆在沸腾的江河湖海若隐若现

巍峨撑起一片瓦蓝，瓦蓝豢养几朵闲云

四季分明的性格领唱万物峥嵘，日月悠长

一个喜欢怀旧的人，更钟情于

人们说起陇山，唱起陇调

喜欢"陇头流水"或"陇山飞叶"的诗意描述

我们也不叫它鸡头山

一个饱含人间烟火的亲切称谓

倘若有一只雄鸡，昂首挺立于祖国的西部大野

鸡头高耸入云，彩霞是镀金的鸡冠

老龙潭和朝那湫必定是两汪深邃的眼眸

目光如炬，为人间守岁

引吭长歌，喉咙里涌动着岁月的风沙

却始终为苍生司晨

日出东方，它目光穿透萧关烟岚

梭巡八百里秦川一望无际的麦浪和菽粟

黄昏降临，它眺望大漠孤烟

把风声和辽阔抚慰

人世间多少乱云飞渡、戎马倥偬、八荒六合，皆滋养胸中乾坤

我们也不叫它鹿盘山

经久不息的传说缭绕云山雾海，绵延九曲回肠

一只鹿

身着传统水墨的梅花图案，在大写意的山水画卷中

在现实与梦幻之间

在笔管流淌的清泉里

频频回首。一张宣纸有了落款

一幅动漫得到褒奖

听着古今长大的孩子

也有了频频回首的理由

盘道六重，始至险峰

也许，我们无法揣测一只梅花鹿回首的频次

无法度量每一双坚实的脚板披荆斩棘的执着

我们只知道，每当太阳升起，先是

照亮山岗，再照亮世界

我们就叫它六盘山

九重，就登天了

只选六

喜欢一切与顺畅关联的吉利数字

而盘，只是一个量词

盘有多长？

盘有多险？

多少盘才能登高望远？

——每一盘，都是自己给自己设定的目标

没有人能给一座山峰千古命名

却有人能让一个地名流芳千古

一座山获得荣光，与海拔无关，与险峻无关

与山顶是否有终年不化的积雪无关

然而，大道至简

大道至简

一条穿越山体的坦途

另一条与之并行的高速公路

把翘望远方的目光拉直

把心与心之间的距离缩短

真实的光亮，将黑暗、陡峭、曲折、险阻

留给后来者解读

二

登峰方可造极!

某一日,我登上山顶

极目远眺,群山逶迤,云蒸霞蔚

苍茫,是我能够想到的最伟大的修辞

云海苍茫

山河苍茫

人间苍茫

风很大

众草伏地

白云跑马

我想抓住风

风的絮语狂躁凌厉

我想抓住草

草的形态如刀剑锋芒

我想抓住马

马无缰

无影

又无踪

我想站稳脚跟

却身不由己

风做着推搡的游戏，前赴后继

风有自己的性情，风的疆域无限广阔

风驮着成王败寇的欢歌与哀怨飞沙走石

而我不断地转动着嗡嗡作响的脑壳

不想放过任何风吹草动，仓促间

哪怕捕捉到细微的惊喜与意外

除了苍茫

还是苍茫

苍茫降伏了我的执拗

苍茫让一个不羁的灵魂接受谦卑

从缺氧的智库搜寻原本匮乏的一鳞半爪

历史烟云与重重迷雾总有一些罅隙让真相现身

我看见蜿蜒千里的战国秦长城气势恢宏

萧关古道旌旗猎猎

瓦亭驿车马喧哗

崆峒山云雾缭绕

中原的柿子红了

河西走廊的芦草白了头发

我看见东来西往的人们行色匆匆

士卒、特使、商贾、浪人、盗贼、传教士……

丝绸之路驼铃悠扬

罗马人、希腊人、波斯人、赛里斯人……

一个个神情疲惫，但目光狡黠

我看见十根灵巧的手指在皮袍下呢喃

物质与文化在交换与交流的碰撞中擦出了完美的火花

我看见长安城灯火如昼

汉武大帝往返于朝廷与鸡头山之间

兵马未动，粮草先行

我看见苏武在大漠深处放牧荒凉

一根甘草，既当牧鞭，又清热解毒

一条大河，讲来龙，又讲去脉

我看见谭嗣同一路蹒跚，风撩起他的长衫和华发

"马足蹩，车轴折，人蹉跌，山岌嶪，

朔雁一声天雨雪。"

一曲《六盘山转饷谣》在风中，久久回旋

始终找不到歇脚的石头

我看见瑞典人斯文·赫定穿过沙漠无人区

在敦煌石窟前久久踟蹰

他的口袋里装满了飞天的梦魇

而道士张圆箓则袖着手，一旁观看

我看见王维、王昌龄、曾参、卢照邻……风尘仆仆

——西行的路到底有多远

我还看见一支衣衫褴褛，却胸怀信仰的仁义之师
爬过雪山，蹚过草地
把鲜艳的红旗插在六盘山之巅，随西风漫卷……

那一日，我看到的白云是远古的马阵
我听到的风声是遥远的号角
我看到的群山是一个连着一个的堡垒

我所看见的人
他们肯定看不见我
就像多年以后，读到我这首诗的人
我也无缘与他们相见
但草木记得他们，草木有情
山岩记得他们，山岩有魂

再一次，我把目光投向天空
天空高远。南归的雁阵正在工整地书写着飞翔的诗篇
那九重天啊
一重一重都是脊梁做架、肋骨做档的梯子

我想在山顶多逗留片刻，劲风催我回去
恭敬不如从命
且罢！

且罢!

三

一直以来，我对蓝色情有独钟

一片海水，鱼在游

一片天空，云在游

我渴望眼中有蔚蓝的海水，咸

但深邃

我渴望心中有蔚蓝的涟漪，微苦

然而荡漾

我渴望艳阳高照，一轮红日温暖南山

也温暖北山

我渴望明月高悬，一缕清辉抚慰草木

也抚慰人心

上苍慈悯。上苍以它无形的大手为眷顾者拨云见日

行至半山腰，云开雾散

是秋日，群山明亮

叶子以黄金的质地与太阳遥相呼应

间或有松柏的绿、丹枫的红

构成一首诗

一幅画

一阕词

我偏爱层林尽染这四个字

更爱野山楂饱满的蜜汁

沙棘果浓烈的酸爽

黄菊花盛满阳光的金樽

我爱被藤蔓挽留

被叶子轻轻拍打

被一根刺的尖锐唤醒疼痛

我爱你拖着长长的拉魂调对我唱：

"走了走了走远了

眼泪花花把心淹了……"

它们都有一片蔚蓝的天空做背景

四

从小我就生活在六盘山腹地，围着一个叫顿家川的小山村

打柴、放牧、采药、种地

割扫帚、编笼筐、拾牛粪

玩泥巴、滚铁环、踢毽子、捉迷藏……

跟蝴蝶学采花

跟松鼠学爬树

跟鸟雀学唱歌

跟看门狗斗智斗勇

偶尔，跟流水学作文：逝者如斯夫，不舍昼夜……

最终，流水背叛了山崖

一滴水珠随大流奔向浩瀚

他说，他吃过的苦比啃过的书好消化

他说，他流的汗比识的字多

他说，他熬的夜比两鬓的白发稠密

父亲春天把种子撒在地里，一垄、一畦、一行

留下苦心经营的痕迹。秋后

父亲的麦粒收入仓廪

父亲的土豆藏在窖里

他把无数个黑夜熬成黎明

或被失眠的夜莺接力，或被早起的鸟儿梦呓

一笔一画都视作人生的课件和积修

他所见证的，都是村口的那棵老柳树亲眼所见

他所表达的，都是一只山雀发自肺腑的呼吸

他和父亲一样，背靠一座巍峨的大山

不断从大山的身体上撷取活命的原材料

大山从不喊疼

他对一座山的记忆，是一代人的记忆

他对一座山的感恩，是一代人的感恩

一只山雀

一只山沟里飞出来的众多灰雀中的一分子

一如既往地诉说着心中的痛和热爱

五

月光会让人安静。月光照着星星的众生

每一颗都在深不见底的黑夜里独自发光

我仰望星空，始终没有找到与自己对应的那一颗

或许，被淹没的，是最真诚的

被遗忘的，是命中注定

很多个夜晚，从梦中醒来

看到窗外朦胧的月光，黑魆魆的山脊

我会想到父亲——一个略微识文断字的乡下男人

父亲是一座黑魆魆的山，一座

肩扛月光、鸟鸣、晨露、晚霜以及病灾

忙碌在羊肠小道及房前屋后的黑魆魆的山，间或

魔术师一样从背篓里变出党参、贝母、三七、黄芪、柴胡……

变出糖果、饼干、鞋帽

柴米油盐、姐姐的嫁妆

我的书包以及小小的自尊

及至大山一样坍塌

天空出现间歇性的灰暗

我也会想起母亲

母亲收完了地里的土豆、玉米、荞麦、胡麻……

顺便在林子里捡拾枯枝和落叶

那承载着全家人一冬温暖的巨大的背篓

压在她单薄的背上

"像一座被秋风灌醉的山头，在乡间小道上缓缓移动"

每一个不眠的夜晚，我都会以顿家川为圆心

不断扩展着情感的认知半径

我的疆域越来越大，那都是我用脚板丈量

用目光抚摸，用心灵感应的祖国的疆土

我常常在行走的过程中做一些简单的色彩对比

赤黄

淡绿

葱茏

我的眼睛也会越来越明亮，两汪泉水

倒映着四季轮回

一座名副其实的大山耸立在每个人的心头

流水就有了方向

当春风唤醒良知的觉悟

蓓蕾爬上枝头，人们爬上山坡

种上愧疚

种上爱

种上朝露

种上鸟鸣

种上花香

一座山既是我们的衣食父母

又是我们精心呵护的孩子

互为因果

互为福报

六

米缸山，是六盘山的主峰

少年时代，当我第一次踩着动物开辟的通路艰难地登上峰巅

以海拔 2942 米的高度打量世界

那是我懵懂人生最早的哲学

也是我第一次亲身求证了山外有山的古老命题

——山外之山依然高峻、巍峨

一座连着一座，隐藏深不可测的迷雾和艰险

而我小小的村庄就在山脚下，破败、逼仄、漏洞百出

一条乡间小路，从山脚出发，通往外面的世界

少年时光走失，羡慕大地上奔腾的河流

一代人的梦想就此起航

不止我一个人

是我整个青少年时代的一个群体

像一窝蜂拥出蜂巢，一群蚂蚁爬出洞穴

消失在茫茫宇宙空间

挣扎

沦陷

再挣扎

再沦陷……循环往复中

我的村庄也在挣扎中沦陷

在沦陷中挣扎

并不断地吐故纳新，直至脱胎换骨

乌有之事在真理中复活

多年后的秋天，雨还是那场雨。后半夜下起

先是毛毛，再是丝丝，后是珠珠

草木学会感动，眉梢上挂着泪滴

我的发小们，亲切的中年人

在雨水洗过的水泥路面上漫步，一边回忆泥泞的过去

一边赞美门前花草的极乐

此刻，天地间返老还童的人是幸福的

他们获得了汗水的勋章

也赢得膝下的承欢

他们起舞的大拇指一次次向陶渊明鞠躬

这如水的音乐

如音乐的水

——生活的咏叹调

和顿家川一样

东山坡、刘家沟、卧羊川、杨家岭、太阳山

野狐梁、马西坡、李家庄、黎家磨、臭水沟……
我在一张照片上见过它们昔日土黄色的脸
也在衣食住行的日常和它们深情地对望
每一次，我都由衷地感叹：
今夕何夕？

天已深秋，人约黄昏
我有年轻的愿望

七

返乡的路越来越宽、越来越美
旅游专线就是《富春山居图》中的曲径通幽
连接着沿途每一个村镇的浓墨重彩
枯笔的地方，山石嶙峋
松柏点缀惊讶
溪流荡气回肠

车子拐进村道，像鸟儿飞进画卷
伴着明媚的光线，花朵微笑，树枝点头
清凌凌的湖面，映着荷花干净的脸
远远地，米缸山亮出宽厚的臂膀
众山簇拥，迎接归来的孩子
那份感动，是种子回到泥土的感动
是发芽的感动

拔节的感动

开花的感动

结果的感动

更是麦子回到仓廪的感动

土豆回到窖里的感动

八

我背靠的大山如此巍峨，体量庞大

我面对的溪流如此清澈，情义涓涓

一座立于不败之地的天然屏障

挡住从西伯利亚吹来的寒流

庇护他的子民，在温润的怀抱，繁衍、生息、安居、乐业

我从远方归来，我必将还要远行

远方有我的梦，但我把命留在故乡

我爱你们：青松、白桦、河柳、刺刺缨……

我爱你们：鹰隼、岩鸽、麻雀、布谷鸟……

我爱日出而作、日落而息

我爱小麦、大豆、胡麻、马铃薯

我爱父亲宽厚的肩膀

我爱母亲温暖的怀抱

我爱屋顶袅袅飘荡的炊烟、门前潺潺流淌的小溪

我爱被高原的太阳亲吻的红脸蛋

爱田埂上行走的草帽

我爱羊群开白色的花、牛群开黄色的花

一匹枣红马穿火红的披风

奔向晚霞燃烧的地方

爱一切可意会而不可言传、可言传又不可意会的生命密码

我食人间烟火，为人间守岁

行至天涯，不改乡音

第二辑

1935 年秋，六盘山纪事

8月15日，葫芦河畔的消息

为配合红军北上，活动于鄂豫陕革命根据地的红二十五军进入宁夏西吉县境，并在兴隆镇召开中共鄂豫陕省委会议。

——题记

陇南的果子总比陇东的果子先熟

从两当、天水、通渭、静宁传来的消息

沿葫芦河一路北上，到了兴隆镇集一带

已是谷子点头、糜子弯腰的时候

刚收割完的麦田，需要休养生息

为来年的丰收积蓄地力

麦垛，整齐地码在田头

静等时光的手把它们风干

这是六盘山区最好的季节，天空蔚蓝，草木葳蕤

溪流腰身柔软，泉水眼眸清澈

适合白云抒情，也适合牛羊欢歌

太阳总是那么公平

让每一缕光芒照拂世间万物

包括山峦、沟壑、屋宇、畜群

地埂上盛开的车矢菊，小路上翻飞的尘土

包括针眼里的一根根棉线

衣衫上的一块补丁……

夜幕降临

一间再普通不过的土坯房里

马灯高悬，地图铺展

光芒在十来个男人坚定的眉宇间流淌

直到雄鸡的鸣唱打破夜的秩序

——东方红了

很快，清晨第一缕阳光让窗户纸透亮

8月15日，兴隆镇

红军进入兴隆镇，稍作休整，即积极开展群众工作。

——题记

小镇两三百户人家，一条街东西贯通，杂货铺琳琅满目

街道却异常冷清

有人跑进深山躲避，有人紧闭门户

风从东街吹到西街，又从西街吹到东街

来来回回，轻手轻脚

墙内的叶子，侧耳倾听墙外的消息

起初，听到了扫把与地面摩擦的沙沙声

接着，是轻轻的敲门声、门轴转动的声音、亲切交谈的声音

始终没有喧哗，没有嘈杂

一切都像风一样自然，像秋后的大地一样平静

这一夜，风与叶子窃窃私语

星星与月亮窃窃私语

翌日，晨风推开门户，满街人声鼎沸，阳光灿烂

8月16日，休整

红二十五军在葫芦河一带休整一天。

——题记

炊烟向白云招手致意

炊烟抬高了天空，也氤氲着秋天的原野

葫芦河沿岸搭起的简易锅灶

蒸煮着天地精华，也蒸煮着人间真情

洋芋、白菜、大豆、萝卜，这些简单的粗食

都是世间美味

小树林、屋檐下、土墙根，静悄悄的熟睡的背井离乡的人

他们日夜风雨兼程

他们时刻与敌人斗智斗勇

此刻，已精疲力竭

他们或许梦见了故乡，梦见了爹娘

梦见了妻儿

梦见了稻黍和池塘

或许，什么也没梦见

他们只需要放下沉重的肉身

为下一个黎明的到来养精蓄锐

8月16日，送饭

两个妇女，看到高山顶上的红军哨兵没有做饭，便送去一篮馒头和一罐汤。

——题记

山头风大。风
吹乱了芨芨草的头发

山径崎岖。山径
曲折的羊肠道，连接着千家万户的田头地亩

缓缓上升的女人，手捧瓦罐
篮子里盛着温暖与大爱

烈日迟迟不肯落下去，像熔金的勋章
别在山巅

母性光芒照耀的地方
他乡既是故乡

8月17日，送别

红二十五军离开兴隆镇单家集时，男女老幼齐聚街头，摆出香案茶桌，箪食壶浆，欢送红军。

——题记

如同我们无数次在银幕上看到的一样——
窄狭的街道上，情意绵绵地送别
让人泪目……

今天，当我从一段文字中抬起头时
情感的堤坝溃决
透过烟雨迷蒙，我似乎看到了
那些整装前行的人们
那些一步三回头的人们
那些手捧红枣、鸡蛋、馒头、麻鞋的人们
那些打断骨头连着筋的亲人
用衣袖擦拭着眼角

我似乎看到远行的人已翻过一道山梁，又一道山梁
尘埃落定
送行者，仍久久不肯离去

我似乎已经融入这个场景

我随着队伍翻过一道山梁，又一道山梁

我的亲人还站在村口张望

我在自己的内心一遍又一遍地排练着

重逢

别离

别离

重逢

……

最后，我轻轻地合上书本

在一张白纸上写下：

所有的别离，都是为了重逢

8月17日，隆德战斗

红二十五军先头部队于12时许，在隆德北象山与守城国民党新编第十一旅鲁大昌部及保安团两个分队发生战斗，活捉敌县长及保安团团长。

——题记

北象山下那棵百年大柳树记得

隆德城门口那尊石狮子记得

枪声惊飞了树枝上争吵的麻雀及假寐的乌鸦

同时乱作一团的还有守城的官兵

他们亦如惊弓之鸟，稍作抵抗，就弃城而逃

两个惊魂未定的长官，束手就擒

战斗如一道闪电开幕

又如一声惊雷收场

在浩如烟海的史册中只留下风轻云淡的一瞥

作为一个在六盘山脚下长大的穷苦人家的孩子

在此，我必须放慢叙述的语速

因为，红军"将所获的部分衣物、被服分给穷苦百姓"

也许，受助的人群中有我的先人

和众多的穷人一样，秋风渐凉

他们需要阳光，需要抵御严寒的温暖

而温暖是会传递的

一朵花开，千朵万朵竞相吐艳

8月17日，夜行军

国民党毛炳文部从界石铺沿西（安）兰（州）公路乘汽车增援。同时，马鸿宾部三十五师也奉命在六盘山东侧堵截红军。为防敌军东西夹击，红二十五军连夜翻越六盘山。

——题记

天色转暗，鸟雀归巢

牧羊人赶着他的羊群走下山坡

炊烟和山岚界限模糊，我失去了自己的判断

我猜测，那天夜里，到底是晴还是阴

如果天公作美，月亮是一盏明灯

那么，月亮看到了什么？星星眨巴着眼睛

星星看到了什么？如果乌云密布

湿滑的山路又会设伏多少诡异与叵测？

雨水与汗水的混合体激活了多少植物荷尔蒙的亢奋？

夜风、山泉、露珠，它们都感受到了什么？

就在这样一个我尚不能确定阴晴的夜晚

无数的脚板与砾石的亲密摩擦

使一条条山路有了温度

山头草木平静

而脚下滚动着惊雷

山崖像一个个突兀的词

树影使修辞缭乱

一条大路在游动

无数条蛇形小道跟着摇摆

小动物屏声静气

溪流一再把声音压低

让匆忙的步履更稳健一些

比海水还深的夜，每一块碎石都是暗礁

草木受到惊吓，枝叶浪花摇曳

天空倾斜，道路失去重心

肯定有人滑倒，哎哟一声

不远处得到同样的回应

肯定有人流血，夜风替他包扎了伤口

或许，高处的明月看清了这一切

我对夜色涂黑的山路有深刻的记忆

多年前，时常走夜路，在崎岖的山道上

摸黑爬行，寻找丢失的牛羊或迎接讨生活的亲人

山路和荆棘赐给我的艰辛与疼痛已经淡忘

但伤痕，胎记一般随我走南闯北

顾城说："黑夜给了我黑色的眼睛

我却用它寻找光明"

我想说的是，登高

是为了望远

夹缝中求生存的人，最终

学会了在黑暗中突围

把黑夜撕开一条口子

让曙光照进来

黑夜继续下沉

而通往光明的路越升越高

据说，登上六盘山巅，就能看见陕北晴朗的天空

据说，翻越斯山，再也没有什么天险可以阻挡夜行者的脚步

8月18日，瓦亭峡，那一道天险门户

红二十五军翻越六盘山，在瓦亭峡附近与堵截的马鸿宾部三十五师一〇三旅马英图部遭遇。马部被红军一举击溃。红军相继占领瓦亭、三关口、蒿店一线。

——题记

瓦亭河，像一把柔韧的刀子
经年累月，劈开坚硬的山岩
杀出一条血路
名曰：三关口
名曰：萧关
素称天险
后来，修志的人，写到1935年8月18日这天
不禁哑然失笑
如此险要之地
守关之人却一击即溃
如泥沙遇到水，枯叶遇到风
带着他的战马和士卒逃之天天

而瓦亭河依旧奔流
冲出萧关

流过中原之广阔

汇入大海之浩瀚

10月5日，大部队来了

1935年9月，毛泽东率领中国工农红军陕甘支队攻克天险腊子口，打开了北上通道。10月5日，红军分两路进入今西吉县一带。

——题记

转眼已是10月，粮食回到仓廪，大地舒展腰肢

秋风命令一棵棵杏树举起火炬

并给白杨的叶子镀上金身

一大早，就有喜鹊在枝头报信

"大部队来了"

像过节一样，单家集的百姓潮水般拥向街头

欢乐的潮水一再上涨

这里的人民见过正规军，也见过杂牌军

他们曾被抢过、打过、骂过

如今，这些同样手握枪械的士兵，却十分友善

不扰民，不抓壮丁

损坏东西，赔钱

征用物资，还打借条

人民就像见到了亲人，找到了靠山

主动腾出屋子，让他们休息

端出茶点，让他们果腹

红军也像回到久别的家中，劈柴、扫院、担水、喂羊……

欢声笑语，其乐融融

肝与胆的真诚相照

汇聚成人间正道的走势

10月5日，单家集夜话

红军夜宿单家集。

——题记

最美的花，是麻花
油面芬芳

最香的茶，是盖碗茶
情深意浓

暖胃的羊汤
驱散一路劳顿饥寒

盘腿坐在土炕上
油灯下有拉不完的家常

一家人不说两家话
你就是我的肝，我就是你的胆

风儿调皮，蹑手蹑脚地从窗前经过

测试夜的温度

夜已深，月朗星稀

一地真金白银的清辉

鸡叫三遍，启明星升起来了

早起的鸟儿已在枝头歌唱曙光

10月6日，张易堡，这里的黎明静悄悄

红军自葫芦河一带东进，至六盘山脚下，拟翌日翻越六盘山。毛泽东夜宿张易堡一户农家。

——题记

好多次，我驱车从固原出发

一路欣赏叠叠沟的美景

绵延不绝的百里画卷

从固原城西一直延展到六盘山腹地

张易堡，是这幅画卷中浓墨重彩的一笔

有多少山路凝重的线条

就有多少灵动的音符在线条上跳跃

每一次，我都只带回一身草木与花香

我所打捞的口述，已被时间之水数次刷新、覆盖

在众多的典籍中，我捡拾出几个小地名：

王套、堡子梁、莲花沟、小水沟……

这里风光无限

这里的黎明静悄悄

也许，76年前的这一天就是这样

历史也该喘一口气

改写历史的人，也需要短暂的休息

因为，迎接明天的除了一座大山，还有一场战斗

10月7日，六盘山上高峰

毛泽东等中央领导人从张易堡出发，登上六盘山。这是中国工农红军长征翻越的最后一座大山。

——题记

山体陡然升高，一种叫青冈木的植物

认真关注着天色，不与时光恋战

叶子该红时红，该黄时黄

尚有松柏保持英雄本色

竖起千万只松针的箭矢，与季节对抗

山顶风疾，侧身飞翔的鸟儿，一闪

隐入密林。松鼠怀抱喜悦

欢快地储藏腮帮中夹带的坚果

红旗猎猎，是适合西风朗诵的词章

风一开口，众草伏地

被秋风一再抬高的天空，忽有阵雁如灵感闪现

阵雁是一阕词飞翔的词眼

长途跋涉途经此地，只为成全一曲千古绝唱

此时，大地起伏，天空一马平川

云在抒情，树在坚守，阳光尽染层林

风流人物已为锦绣文章打好了的腹稿

10月7日，青石嘴战斗

1935年10月7日，红军翻越六盘山，在青石嘴与敌骑兵第七师某团两个连展开战斗，大捷，缴获大量马匹、武器、布匹等物资。组建中央红军骑兵侦察连。

——题记

这世间，总有些奇迹不为人知
总有些芬芳，静若星辰

1935年10月7日，晴，风力3至4级，气温和今天相差不大
六盘山天高云淡，层林尽染
一行大雁，在瓦蓝的天空，书写古老的象形文字
而一支打着绑腿的军队正由西向东挺进
每一道沟岔都开满了山菊花
青冈木举起红叶的火炬
而李子把酸爽与甜蜜献给风尘仆仆的人
风吹过，白杨的叶子纷纷落下
风尘掩不住的，是草鞋留下的脚印

至青石嘴
草木拦住了风

石头拦住了去路

此时，必须调动起果敢的动词：潜行、迂回、掩护、包抄、歼灭

必须调动起生动的名词：俘虏、战马、车辆、弹药

也必须调动起欢乐的数量词，为马匹和装备改名换姓

像风卷残云，像在梦中

又理所当然

青石嘴，似一颗神话中高昂的马头

众山如马群

10 月的风撩起草木的鬃毛

带着时间奔跑

我在一个阳光明媚的早晨读到这段文字

才知道，这里是中央红军骑兵侦察连诞生的地方

我同时记住了连长梁兴初的名字

并在书的眉批处写道："中国革命，自此加快了步伐。"

10 月 7 日，阳洼窑洞的灯光

　　夜晚，红军宿营于青石嘴东小岔沟、阳洼、乃河一带的村庄。
毛泽东当晚住在阳洼村东头张有仁家的一孔窑洞里。

——题记

黄昏时，战火已经熄灭

经过青石嘴

空气中弥漫的火药味还未散尽

而夜晚，阳洼村一处破窑洞的窗户纸溜进一缕风

将油灯吹得摇摇晃晃

炕桌上几片巴掌大的麻纸卷起角边

眼看灯要灭了，纸要飞起来了

烟卷快要燃到指尖了

踱步的人却浑然不觉

年轻妇人送来热水和关切

她瞥了一眼炕桌上的笔和纸张

以及龙飞凤舞的字迹

她不知道

月亮、星辰、油灯的光芒

都是贫困而富足的人随身携带的行囊

她更不知道

一盏灯霍然亮起

一首诗就地诞生

10月8日，白杨城的窑洞

中午，红军大部队相继到达白杨城，突遭敌机空袭，只好分散隐蔽在窑洞和沟壑中。

——题记

刚打完青石嘴一仗，去白杨镇宿营的路上

迎面遭遇敌军一个团

狭路相逢，令人不可思议的是

甫一交火，对手就纷纷溃退

像回家歇晌时，捎带着割了一把韭菜

——幸福来得太突然

以至，惊弓之鸟再次受到惊吓

那庞大的金属之鸟，轰鸣着、梭巡着

一次次俯冲

一次次投掷

一次次扫射

吐出仇恨、报复、屈辱……

感谢每一孔窑洞，黄土高原幽深的眼睛

像弹孔，却是防空洞

纵横交错的沟壑，大地深刻的皱纹

像弹痕，却是掩体

当炸弹在地面开花，子弹扫射出一串串泡沫

那幽深的、寂静的沉默

一棵老杏树望着天空

待尘埃落定，鹞子又跃上崖背

10月8日，从白杨城到长城塬

　　为防敌机再次空袭，红军来不及吃饭就离开白杨城，在黄土丘陵沟壑区行进，宿营长城塬赵家山畔、乔家渠一带。毛泽东夜宿乔家渠。

——题记

山体本该浑圆
水用刀子犁过

距离本该短暂
脚步一叠三叹

声音传到的地方
是脚程的一个晌午

夜黑如漆，探路的星星
依然能把长夜踩平

10月9日，带泥的土豆

中央红军下长城塬，经刘塬、米塬、和沟，向孟塬前进。到杨家园，老百姓纷纷把自家的土豆送给部队。看到老百姓吃水困难，炊事班战士把土豆简单擦了一下就开始蒸煮。出锅的土豆还带着泥。

　　　　　　　　　　　　　　　　　　　　　——题记

那是我熟悉的地貌：山畔、沟渠、土壤瘠薄

那是我熟悉的物产：浑圆、质朴、憨态可掬

新鲜的土豆，带着新鲜的泥土

新鲜的泥土散发着新鲜的芳香

被新鲜的面孔欣赏、赞美

黄土绵厚

黄土地长出的土豆

有黄土的性格

遇到火焰

就笑开了花

献出白灿灿、香喷喷的热情

只是天空久未下雨，窖里的水不多了

泥土对土豆的眷恋生死不移

那养命的液体，同样
也滋养着人心
心疼水
就是心疼苍生

黄土养人
黄土也埋人
黄土的性格
是百姓的性格
黄土的厚道
是百姓的厚道

10月9日，出彭阳

9日，红军出彭阳进入甘肃镇原。10日，与刘志丹派来的交通员相逢。

——题记

大地蹉跎，而雨水单薄

高不盈尺的草巴子，从远古到今天

只为彰显生命之不屈

连绵不断的黄土崾梁，纵横交错的深沟大壑

构成江山的面孔：破碎、焦黄、皱褶

一根根弯曲的羊肠子，依附于破烂的羊皮之上

有断裂，有隐喻

悬崖嚣张，屈服于脚板挞伐

蜿蜒一再延伸，是扯不断的脐带

有叙述所需要的全部忍耐

风吹着天空的流云，也吹起地面尘土

吹着匆匆赶路的影子

黄土有轻盈的足音

扬起，落下

再扬起，又落下

脚掌轻触地面时，扑通扑通

都是心跳的节拍

在不断演变中，衍生出无数条崭新的毛细血管

呐喊着，日夜跋涉，为心脏供血

第三辑

后来

六盘山红军长征纪念亭

一座大山
有若干个高耸入云的峰顶

从广场拾级而上
一百五十级台阶
我已经气喘吁吁

夹在两座山峰之间的纪念亭
是又一座高峰

呈现

橱窗里，呈现着许多样品
长矛、大刀、锤子、斧头、镰刀、马鞍、油灯
土枪、大炮、小钢炮、冲锋枪、驳壳枪、弹弓
望远镜、发报机、水壶、书信、破衣衫……

我看见一双草鞋
裂帮、脱底

那是怎样的一双脚板啊
它瞬间踩疼了我的目光

我需要重新整理自己的衣冠
正视虚弱的灵魂

我呈现给这个世界的光鲜
已无力涉渡荆棘丛生的余生

红军小道

可以想象，曾经这是一条荆棘密布的小道
行走着牧人、猎人
牛羊、骡马

或许根本就没有路
一些小动物隐士一样出没
蜘蛛结网，小昆虫的命运悬而未决
杂草和刺蓬成群结队，以集体的名义
试图围剿陡峭的山岗或高远的蓝天

但是，它们集体向一双双草鞋妥协
它们低伏的身姿，有一种倔强之美
伏地为泥，落籽生根
脚板过后，留下生动的印迹

和众多的寻访者一样，我怀揣敬畏
多次在这条路上往返
上山
下山
小道光滑、干净
虽有人为设置的障碍，均不能还原曾经的艰险

小道热闹非凡，红花绿树环绕

从根脉到苍生，无愧于天地良心

吟诗台

可仰望

天高云淡，鹰击长空

可远眺

群山逶迤，云蒸霞蔚

可俯瞰

花红柳绿，众生平安

站在吟诗台上的人

都会情不自禁地当一回诗人

无论男女老幼

均挥动手臂、激情澎湃

不过他们吟诵的不是自己的诗句

而是一位伟人的传世之作

不管是湖南口音、四川口音、陕西口音，还是宁夏口音

也不论演绎的质量如何

但情感，均发自热血和肺腑

我自诩诗人

此刻，站在吟诗台上

顿觉羞愧难当

群山静默无语

我抬头望天

天空高远

白云悠然

太阳正当中天

因为一阕词

因为秋天，我准备了北方最美好的意象

包括枫叶、松塔、山果……

包括流水、清风、鸟鸣……

因为一阕词

我记住了六盘山、红旗、长城……

记住了 1935 年 10 月的蓝天白云和长空雁阵

因为一阕词

我懂得了长征不仅仅是北上途中的千难万险

还有诗

有歌

有时代风流……

将台堡

走过宁南山区的西吉

将台堡，这个风也粗水也硬的地名

在深秋渐凉的气温中

在黄土高原朴素的内心

把巨大的热量散发

而西吉大片的庄稼已回到了仓廪

辽阔的土地空空如也

将台堡，再一次庆贺喜人的丰收

就是这片温馨的土地

黄土深厚的情意

孵育了中国革命史上一个

鲜亮的支点

撑起一段红色的岁月

枪声似乎远去了

我无法拨开一片深秋的草丛

觅得一只生锈的弹壳

或一双走失的草鞋

但那排山倒海的欢呼声

仍在回忆录和老人们的泪光中

晶莹地闪烁

那个纷呈的深秋

所有的花都因思念母亲

化作一路芳魂

将台堡用芬芳的心灵歌唱

三支以勇敢和信念

穿过大半个中国的部队

在这里胜利会师

从那一天起

黄土筑起的古老的堡子

成了二万五千行长诗

辉煌的符号

古堡之上

一截不屈的傲骨

立为碑石

繁衍一种叫作精神的食粮

青石嘴战斗纪念碑

孤零零的，一尊雕像
是青石嘴的名片
高高耸立在青石之嘴

周围大团的绿色没有掺杂任何形容词
花也开得单纯

南来北往的车流途经此处，都会放慢速度
目光探出窗外，向青石问路

奋蹄的马
无须扬鞭

马背上的人
显得更加孤傲与洒脱

莲花沟

我宁愿不相信这是真的
当我从一本书中读到这段故事
我的心紧缩了一下
我似乎看见讲故事的人也矮下了半截身子

一个孩子
一个历经千难万险跋涉到此
曙光就在眼前的孩子
他疲惫、饥饿
他有求生的欲望
他向女主人讨了一块馍
他身无分文
他甚至目不识丁

一个懵懂的孩子
为了果腹
他以为是向母亲讨了一块馍
向祖母或外婆讨了一块馍
向姐姐或嫂子讨了一块馍
他没有付钱
他没有多想

没留下指头宽的一张欠条

他撞在纪律的枪口上

纪律是一把尺子

一杆秤

一把剑

一把刀

一杆枪

他掉队了

永远地留在了莲花沟

孤零零的一个土包

没有人知道他的名字

没有人知道他的年龄

我宁愿相信这是一个杜撰的故事

一个孩子

或许有伤

或许病了

或许是一次偶然的

枪膛走火……

从《长征谣》到《清平乐·六盘山》

我如数家珍地数起这些璀璨的地名：腊子口、两当、界石铺

单家集、杨家店、和尚铺、瓦亭、三关口、青石嘴

小岔沟、乔家渠、长城塬、吴起、下寺湾……

之所以列举这些地名，是因为

与一座山有关

与山下的一个村庄有关

一条线不能把它们穿起来

必须有串联

有并联

线条所连接的珍珠也不止这些

有时，难免有遗漏的缺憾

但大山只有一座

南北走向

横亘在眼前

在脚下

在信仰挺胸抬头的地方

是二万五千里长途跋涉翻越的最后一道天然屏障

山峦起伏，沟壑纵横，素称天堑

1935 年 10 月 7 日，诗人登上山顶

曰"此地可观三省"

此刻，天高云淡，大雁南飞

漫山遍野的红叶如旌旗猎猎

美景让人陶醉

美景让人回顾

美景让人展望

美景引爆灵感

美景点燃诗情

是夜

诗人在山脚下一户农家的窑洞里

用半截铅笔在一页纸上草就《长征谣》

每一个字，都是珍珠

每一颗珍珠，都在闪光

油灯可以作证

月亮和星星可以作证

送水的房东大妈可以作证

我必须把时间穿起来

每一个点，都是历史遗落人间的珍珠

从 1942 年 8 月到 1949 年 8 月

再到 1957 年，直至 1961 年 9 月

与之相对应的是

从《淮海报》副刊到《解放日报》

再到《诗刊》，直至《宁夏日报》头版套红刊发

一个诗人

一篇词章

几易其稿

终成绝唱

文字有情

情义温暖人心

珍珠有光

光亮烛照人间

重读《清平乐·六盘山》

词牌为令

山门打开

扑面而来的，都是形容词

山有多高

云有多淡

缨有多长

红旗有多漫卷……

六盘，不算多

也不算少

盘盘险要，步步为营

大雁读懂了春秋

迁徙时的阵营依然笔画工整

令万物仰望

那长城真长啊

那好汉真好

夜间磨刀，白天行军

刀锋磨出月光
月光擦亮铜号和钢枪

握过刀枪的手
也会穿针引线
缝补漏洞百出的日子
也缝补旗帜
那密密匝匝的针脚
浓缩两万里波澜壮阔的征程

后来

好像有人来过，刚走

炕头还有余温

一定是他坐过的地方

炕桌一尘不染

一盏油灯

是静物

也是追忆

他是否也点了一支香烟

任思绪在身边环绕

然后，环顾屋内的摆设

一张桌子

一把椅子

一张竹席

一张黑色的羊毛毡

破旧，但干净

墙上挂着宣传画

提醒后来者

这里，曾有人住过一夜

并在此指点江山、激扬文字

我大概能猜测到来访者刚才都想了些什么

做了些什么

走出窑洞，院子里几棵开花的老杏树，以及

山坡上大片的嫣红

跟我看到的一样

有感于固原二中 26 年风雨无阻
徒步至任山河烈士陵园扫墓

允许天降雨雪，道路泥泞

允许孩子们走出书斋，用脚板丈量五十四公里坎坷人生

天不亮就出发

山高水远，世界何其辽阔

允许举目无亲

允许痛，允许流泪，允许跌倒了再爬起来

允许大手拉小手

爱的链条紧紧相扣

每一个指尖都传递温暖和力量

允许草木摇摆

大树目送小树

山花一路陪伴，前程明媚

允许担忧

允许雨水与汗水胶着的钢盔铁甲

允许欣慰

允许背影越来越远，越来越模糊

越来越小

越来越大……

拜谒任山河烈士陵园

选择清明前一天的上午，从固原出发
途经黄峁山、挂马沟以及一些不知名的小地方
途经少年和青年时代
一腔热血尚有温度

之所以选择一条鲜有人迹的山路
是因为它有辉煌的往昔，有感人的故事
只是这些年，脚印不再稠密
一条更加宽阔更加平坦的高速公路绕过山脚
缩短了时间，却拉长了生命
我必须给自己设置困难与危险

路碑已深深地埋没在荒草中
像往事埋没藏在岁月里，但仍坚定地站立着
它在等待丢失了灵魂的人
穿着红马甲的护林员，灯盏花一样散落在路边
提醒路人注意防火
有野鸡、野兔、叫不上名字的山雀时不时窜出草丛
在车前迎接探看

陵园隐藏在山脚下一处避风向阳的山坡

被几十户人家簇拥

朝闻鸡鸣，夜观星月

炊烟是扯不断的陪伴

我看见手捧鲜花的人表情凝重

一双大手和十多双小手用抹布轻轻地擦拭着墓碑

像在给自己的亲人洗脸

此时，桃花正红，松柏翠绿

我在一座座墓碑前流连

我一一默记他们的名字

但仍有一百多人永远成为无名英雄

我想记住他们的故乡

云南、四川、贵州、陕西、山西、河南、河北……

选择四海为家的人

天下即故乡

这里是我的故乡，也是你的故乡

英雄的余温

让这片初春的土地变得柔软

标语

一面土得掉渣的墙也是打开的书页
记载着人类的理想和一个政党的担当

言简，意赅
旗帜，鲜明

在宁夏博物馆，我看到从齐家堡子走来的直立的黄土
以及黄土上直立的汉字
保存完好

聚光灯下
黄土闪耀，汉字生辉

那些被阳光抚摸过的底色
被风吹过雨淋过的修辞

我路过
顺便看一眼

我伫立
在心里多念几遍

世界上所有的表达

都是在寻找志同道合

写在天空

叫抒情

写在海滩

叫遗忘

写在纸上

叫文章

写在田亩

叫庄稼

写在墙上

叫标语

写在心上

叫追忆

最好的诗句写在大地上

多年前，我记得《固原日报》的一篇通讯报道
大意是写民族团结亲如一家

"两头耕牛
回族兄弟家一头
汉族兄弟家一头
合套一架木犁
并肩耕耘在希望的田野上"

那时候，80 年代初期
刚推行土地联产承包责任制
生产力和生产工具像种子和雨水一样短缺
合作，是最佳的生产关系

多年以后，行走在西吉县兴隆镇的村道田陌
洋芋和萝卜没有隔阂
玉米和豆角一团和气
耕牛早已被机械取代
连地埂也不见了踪影

在兴隆镇
我读到的最好的诗句写在大地上

第四辑

萧关内外

萧关：风把路吹上悬崖

峡谷东西走向，悠长、阴冷
山岩与草木耳鬓厮磨

风长着翅膀
水长着腿

风脾气大，风把路吹上悬崖
水性子急，水把趔石推向深渊

被风抽打的花朵，已习惯于鞭子的重量
不怒也放
只有疼贯穿始终

抬头看见一线天
白云横空出世，它高高在上的样子
比风还轻

风中西行的人
哑默里藏着宽阔平坦的安静

弹筝峡：石头开口说话

石头制造了落差与旋律

石头只是流水琴弦上的一个个音符

被马蹄弹奏，被车轮弹奏

也被炮火弹奏

悲喜或狂欢，是时光刻在岩壁上的波澜

时而激越，时而舒缓

弦外之音，有鸟鸣唱和

有风掠过树梢，吹响叶笛

洪荒之上，众生轮回

所有的急难险阻，都是用来冲杀的

流水阴柔，却有万夫莫开之勇

一条山溪流经山谷

会收紧身子，绳索一样团结

两山让出一条缝隙

汇入浩荡的泾河

在平坦的河湾

慢下来

喘一口气。此时

音乐舒缓，云淡风轻

我看见白鹭濯足

麻雀跳上枝头

鹞鹰在天上翻转

它们都是闻乐起舞的精灵

整个峡谷幸福无比

有流水、花香和飞鸟

有杂七杂八的树木、蒿草以及小动物

还有庙

慢下来

是因为心中有不舍

慢下来

只想对身后巍峨的六盘山做一次深情的回眸

三关口：龙虎藏于深刹

一座庙宇，就像一员大将
门前的旗杆是把长矛
关隘险要，青山平安，龙虎藏于深刹

十多平米的青砖小屋，在一块突兀的巉石上
入定。仿佛悬崖的一部分
与诸神比邻而居
我担心一阵大风刮过来
第一时间，我的脑海中蹦出摇摇欲坠这个词
但它一直在那里
上万年间，没有挪动一步
4 月的山桃花让它有点迷离
山桃花扬着脸，说春天真好，说欣欣向荣

小时候我跟父亲学唱戏
戏文里"杨六郎把守三关口"的台词
至今记忆犹新。现在
我不唱了，但百姓一直在唱
或将经久不衰
百姓心中有一把尺子
沾染血迹的忠烈

让桃花更红

让萧关多了一层色彩，又多了一份神圣

我在桃花开败之后再次造访

野芍药和马莲花如火如荼，叶子在风中发表热烈宣言

寺庙大门紧闭，旌旗猎猎风中

采药人，放牧的人，打蕨菜的人，经过门口

都默默地做着自己的功课

先前我查过宋史，请教过老师

杨六郎从未到过萧关

这丝毫不影响他成为人们心目中的一道光亮

历史上总有一些人物

被人们在心里敬着

我在通过关口时，学着当地人的样子

驻足，凝望

然后，匆匆离去

心中有一炉香，不点自燃

瓦亭驿：汽笛如马嘶长鸣

依稀记得，瓦亭河水汤汤

趔石光滑，像提心吊胆丢了动词

城门坍塌，出出进进的风来去自由

多年前，少年在鹅卵石街巷踟蹰

他心情陈旧，一如商铺紧闭的木质门扉

风不能拂去它颜面上的尘埃

几株苍柳，坚守在城墙根下

土筑的墙体千疮百孔，寒鸦在孔穴生儿育女

阳光反射出一个生锈的马蹄铁

少年没有看到书中所述的丝路驿站的邮差、车马

商队、经卷、胡姬以及手持利器的士卒

只有荒草攻城略地

狼烟不复。炊烟在屋顶抒情

好多年过去了

少年一手握着成熟，一手握着稳重

陇山之侧绿了又黄，黄了又绿

白杨和旱柳走完了一生的枯水期

森林涌出深山，花朵与绿叶随波逐流

从成都开往乌鲁木齐的火车，似奔向草原的骏马

途经于此

汽笛如马嘶长鸣

咣当、咣当的马蹄声，由远及近

在瓦亭小站停留片刻

又一头扎进北方的空旷

西域吹来的风，已在此迎候多时

慌乱中让出宽阔

琵琶城：远方在弦上

一座土城建成琵琶的样子
一定有它理由

譬如，箭在弦上
远方在弦上
冷月在弦上
金木水火土都在弦上

一座土城建成琵琶的样子
一定有它的理由

譬如，把北风弹奏成呜咽
把马蹄弹奏成慌乱
把美酒弹奏成烈焰
把黄沙弹奏成万箭穿心

秦韵，汉赋，唐诗，宋词，元杂曲
梵音，胡笳，眉户，花儿，信天游
羊毛，经卷，马尸，驼铃，夜光杯

大道昭彰，古曲何须重奏

岁月带走了什么，又留下了什么

反弹琵琶之人

在高山之巅

在云端之上

风吹骨箫

江湖已远

抽刀断水

曲终人散

清水河：一条蚯蚓在黄土塬上挣扎

谁也不能否定它的流向

当所有的溪流都朝着一个方向汇集

太阳升起的地方就浩瀚无垠

而清水河，却反其道而行之

北上。一个任性的少年，自然的叛逆者，貌似单薄

骨子里有倔强

开城梁并不算高，它只是六盘山高大巍峨躯体上的一块肌肉

一道分水岭

分出是非、艰辛、顺势

一条蚯蚓在黄土塬上挣扎

太阳炽烈，空气燥热

蹉跎是暂时的，蹉跎只是一段历程

迂回、突围、冲杀，步步为营、步步惊心

它会在一个叫豫旺的地方拐弯

绕过腾格里沙漠南缘

然后，汇入黄河之巨龙，回到大海的怀抱

适者生存。一条河向北流淌

是策略，也是战术

江山蜿蜒千里

赢得麦菽和鲜花的赞美

须弥山：每一朵花蕊里都住着一尊佛

这是我第三次写到须弥山

第一次，我涉世未深
把蹉跎嫁祸于世俗
自以为看破红尘
在一尊大佛面前信口雌黄：
"面对那笑，我知道
一束塑料花儿为什么常开不败"
其实，我什么都不知道，也丝毫不觉得脸红
1988 年的春天，桃花开得肆无忌惮

桃花年年都开
开在佛周围，开在丝路古道
"盛唐的风，一直吹到现在"
吹红了我的脸
当我俯下身子对一朵花顶礼膜拜
桃花比我红得更加纯粹
每一朵花蕊里都住着一尊佛
每一个微笑都真实而具体

而今天，我只有站在山脚下仰望

我怕世俗的脚踩脏了丹霞岩石

我知道有一天

每一块褐色的石头都会修炼成佛

禅塔山：面若晚霞

"天留下日月

佛留下经

人留下子孙

草留下根"

一壕之隔两兄弟

一个叫禅塔

一个叫须弥

缓缓流淌的小溪

是血缘的纽带

山脊高大的倒影在水中相濡以沫

我要说的是

须弥山的桃花开了

禅塔山面若晚霞

在禅塔山觅食的野鸡

把巢筑在对面的丁香树下

一样的褐色石头，拥有

一样的平原与绝壁

一阵风不管从哪个方向吹过

两岸的松涛都争相呼应

两座山鸡犬相闻

两座山朝夕相望

只是，须弥山香火旺盛

禅塔山门庭冷落

没有人告诉我是什么原因

让禅塔山石窟的开凿半途而废

将一个残缺的背影留给夕阳下踟蹰的浪人

历史无意间留下的每一个残局

都成为后人悟道的证据

寺口子：风沙带着血腥往来穿梭

门槛是石头的
门框是石头的
门楣是石头的

再坚固的天然屏障，也会有漏洞

漏洞在等一扇门
门扇或许是血肉之躯
或许是谋略之智

一夫当关，万夫莫开
故而，叫石门关
叫死口子

有人想把门打开
有人想把门关闭
一念生，一念死
时间久了
发生的故事也多了
历朝历代的风沙带着血腥往来穿梭

干脆建一座寺庙吧

是警醒

也是超度

从此得名

——寺口子

好水川：芨芨草安静地守在路边

一条峡谷
在等一支军队

一支军队
在等一场战争

战争是一场赌博
战争是一注兴奋剂

有人想一夜暴富
有人想金盆洗手

好水川成了自己的悖论

公元 2020 年夏，我读《好水川之战》
"见道旁有泥盒，封袭严密，内有动跃声。打开
悬哨鸽百只飞出，盘旋而上。
夏军举黄旗而伏兵起，举赤旗而士兵进。
宋兵仓皇应战，大败……"
忽然心血来潮，驱车前往

天地静极，仿佛什么事也没有发生过

有行云，也有流水

芨芨草安静地守在路边

玉米阵容强大、列队整齐

胡麻花蓝得纯粹，洋芋把果实的秘密埋在土里

我到底想探究什么

抑或，在等一阵风、一场雨、一个人

看青草躁动，流云加快速度

给自己制造一段心慌意乱

移步山巅，一截堡墙断章取义

山头上的堡子，有孤独的坚守，也有遥远的瞭望

狼毒花占据墙头

狼毒花有战火和血的基因

但此刻，它羸弱

它已经不起任何风吹草动

和平门：出门进门都是回家

原州古城西北角残留着一截城墙，百米见方，开着两道门
自西而东
曰靖朔门
曰和平门

和平门由来已久
叫着顺口，听着顺耳
起名者一定侠胆仁心
既接纳漠北豪爽的风，又沐浴中原深情的雨

靖朔门起名于 90 年代
一群地方文人和小官员引经据典
最后不知由谁拍案定夺
那时候，我像现在一样人微言轻
好多事敢想而不敢言

作为一个对文字吹毛求疵的人
我喜欢从和平门出入
出门进门
都像是回家

文澜阁：招东来紫气，起地方文脉

二十年前，我住在一幢坐北向南的四层楼房的顶层

周围多是低矮的民房和弯曲的巷道

从阳台窗户看出去，是一座玲珑的六边形三层檐亭式木结构建筑

坐落在城关二小校园内一个凸起的土堆上

更远处，是云雾缭绕的山廓

夏天穿绿衣，冬季着白装

我把书桌支在阳台

太阳从东岳山冉冉升起，从叠叠沟徐徐落下

从早到晚，徜徉在光明的意境中

桌面上的书，有时被我翻动，有时被风翻动

每一次细微的动静，对一个词而言，都是惊心动魄的预谋

我从文澜阁顶，阅读太阳、月亮、星星

阅读风雨雷电

阅读云卷云舒

冥冥之中，一切未知与可能，似乎都通过这古老的建筑

传输到我的大脑中枢系统

让我不知天高地厚地做着白日梦

偶尔，我会给前来造访的朋友溯源求根：

"此地民风强悍，武将多于文官。

《孝经》上说，奎主文章。

建奎星楼，以招东来紫气，

起地方文脉，壮山城景色。

后来，奎星楼更名为文澜阁。"

言毕，目光投向窗外

后来，文澜阁被周围拔地而起的高楼大厦层层包围

后来，我搬家了

我的理想一日日消瘦

疏于白纸黑字的稼穑

多年没有写出一句让人肝肠寸断或血脉偾张的句子

大营城：时光遗存的残垣和瓦砾

大营河的水干了。从叠叠沟流出的几个细瘦清凉的消息

都没有得到羸弱的回应。择水而建的城堡

在干旱的年份，孤独着、追忆着、破败着……

黑骏马、白骏马、枣红马

漫无边际的野草

牛群、羊群、格桑花

悠扬的牧歌

这些，都曾哺育无数的骠骑和英雄的名字

我在夏日的午后，登上废弃的城墙

炽烈的阳光暴晒着我，也暴晒着世间万物

我的脚下是时光遗存的残垣和瓦砾

低矮的刺刺缨不惧酷寒，把生命之歌反复唱响

一队身穿黑色铠甲的蚂蚁将士急行军经过

狼毒花举着血旗，为它们呐喊助威

抬头望天，云朵千姿百态

像骏马奔腾

像羊群一团和气

开城：在开与合之间收放自如

《元史·地理志》载"安西王分守西土，即立开城路"
"由是天下无不可屯之兵，无不可耕之地"
女真人、契丹人、高丽人、汉人
突厥人、波斯人、阿拉伯人
工匠、军匠、炮手，以及
商人、平民、传教士、学者
戍边、屯垦、织棉、冶铁、造炮、制革
驿户"昼夜未尝省息，常见铺马不敷"

现在，它平静了下来
以一个村庄的姿态安卧于六盘山臂弯
曾经金碧辉煌的宫殿、亭台、楼阁、花池都归于尘，归于土
归于朴素的稼穑与简单的生计
无数次我从固原回顿家川，或从顿家川回固原
经过开城梁，脑海里都会回放简约主义与繁复意象高度契合的
　一场电影
那是对一段历史的回望

天地轮回，昼夜更迭
依附于大地的事物明暗交替
譬如草原脱下绿色换上金黄的麦浪

麦浪被柠条与芨芨草取代

最后，摇身一变，柳暗花明

开城梁不断更换着自己的装束与配饰

环绕在山巅的白云，更像曼妙的头巾

在开与合之间收放自如

哦，一座城说没就没了

一道梁，永远矗立在原地

一道山梁，想成为分水岭

必须具备坚硬的骨骼支撑

不管滚滚东流的泾河

还是蜿蜒向北的清水河

一路上都会带着源头的嘱托播种鸟语花香

长城梁：我指给你看更北的北方

我不写烽燧，不写垛堞，不写狼烟

不写马蹄，不写血光，不写坟冢

亦不写残垣断壁

荞麦花粉过了

胡麻花蓝过了

苜蓿花紫过了

长城梁上，两个隐姓埋名的人

说好了明年再见

而此刻，我指给你看更北的北方

北方，是荒凉的岁月和霜降

有人回家，有人还在路上

在我们身旁，野菊正值豆蔻，蒿草籽粒饱满

几颗被遗忘在季节末梢的红枸杞

像心，像血滴子

像谁的不舍和念想

在渐凉的风中，在尘世……

秦长城：狼毒花让灰色的阅读鲜亮

大漠朔风，塞北刚烈的性情封杀了多少欲罢不休的

丹青高手

留下荒凉，让风舞剑

风把秦长城的衣服剥了一层又一层

风让秦长城裸露着，亮出自身的美和丑陋

风在秦长城上凿了一个又一个孔

大大小小的风孔合奏亘古的箫音

在秦长城残垣断壁的章节里

我是一个虔诚的阅读者

时常痴迷于一片残瓦、一根朽骨、一声鸟鸣

是一簇簇细小的花让灰色的阅读鲜亮

老乡说她叫狗娃花

狗娃花血液充盈地开在一颗颗羊粪蛋的旁边

开在草本木本们无心光顾的寂寞里

只有风可以与它诉说心中的忧伤

只有牧羊人偶尔摘下一朵两朵

然后，顺手丢弃在燥热里

像丢弃一段不堪回首的往事

我时常从这条大地的肋骨上走过

轻轻地唤着你的乳名，就像唤着我的姐妹或女儿

我的骄傲就建立在你的骄傲之上

我的卑微就建立在你的卑微之上

我的血液里就流淌着你的河流

城堡：我看到的只是废墟

萧关内外到底有多少城堡？

有多少兵马营？

财主的

王朝的

有时候叫堡

有时候叫城

有时候叫营

有时候叫寨

有时候叫斡尔朵

都是黄土夯筑

墙体宽厚、敦实

它护卫过王朝的江山和庶民的性命

其防御功能不言而喻

我信奉史料

并在百姓的口述中反复揣测

用于屯兵的，大多建于隘口或开阔之野

其规制、体量，非同寻常

民间建筑，则紧凑、逼仄

立于山巅之上

防匪患，易守难攻

这些经历了唐宋元明清乃至民国的工事

曾经住过谁

我一个都不认识

发生过什么故事

我一概不知

在今天

它已经空了

坍塌了

成为遗址

有的甚至无迹可寻

这是它的宿命

我看到的

只是

废墟

笼竿城：秦腔秦韵在渝河两岸萦绕

夜幕降临。盘踞在山头的迷雾越来越低

越来越重。半斤酒下肚

我日渐腐朽的肉体已承受不住液体的火焰

有浓雾在眼眶中氤氲

铜锅里煮着沸腾的盛情，萝卜青菜也不甘就此曲终人散

回宾馆的路上，夜凉如水

秦腔秦韵尚在渝河两岸萦绕

笼竿城的秋天要比原州的秋天早些，渝河水也比清水河凉些

停下脚步，站在街头向东望了一会儿

陇山完全被夜色吞没了

穿过大山腹部的一条隧道此刻正灯火辉煌

而我，只需半个小时的车程。半个小时

就能找到那个白天路过的名叫顿家川的小山村

那里炉火正旺，亲人围炉温酒

和尚铺：眼泪花花把心淹了

内心有清泉的人，一辈子都有还不完的愿

西出萧关，行囊里把波澜装满，留下念想

继续赶路。眼前山高路险，荆棘密布

一步三回头啊，脚程尚远

你唱"走了走了走远了，眼泪花花把心淹了……"

你叫五朵梅，和尚铺人叫你走骡子

你迈着模特的步子，和尚铺人感觉到了节奏

一步三回头啊

歌声太甜，旋律太美，春光太短

褡裢里的盛情太重，而脚程尚远

这一路牵挂，一路蹉跎，一路五味杂陈，一路心事重重

像蛊，像毒，像药引子……

我承认，在转身的一瞬间，热泪流下来

和尚铺，没有和尚，也没有寺庙

它只是一个称谓，或许是一段不堪回首的岁月

（史书上没有留下蛛丝马迹）

或许是一个梦吧，一个男人的梦

一个男人，在此割舍下俗世孽缘

从此，六根清净地行走在人间

博物馆：银河中打捞的半点星光

物归其类
被同一所房子囚禁
有的被打上国宝的标签，在玻璃橱柜里闪烁着
虚假的光芒
有的在墙角寂寂无闻

我看到的，不仅仅是波斯鎏金银壶、萨珊王朝玻璃碗
还包括其他器皿，以及骨殖、钱币、彩陶，官牒
生锈的犁铧、刀斧、马镫
霉变的织帛与漆棺画
石头上深刻的印痕……

物件是可以复制到以假乱真的
拓印的图片略显粗糙
江湖已远，拥有者和制造它的工匠均已隐姓埋名
但，物在
银河中打捞的半点星光

这是 8 月，秋风来得那么早
有多少无名无姓者草芥一样消亡
落叶和灰尘将覆盖他们曲折的一生

历史成全于讲述者的想象和演绎

我不想被揣测，更不想被误读

我对一百年前的自己一无所知

同样，对一百年后的自己一无所知

我喜欢的一块磨刀石，蹲在光线幽暗的墙角

敦厚，踏实

硝河：我看到自己留在城墙上的影子

可见残垣，亦见烽燧

高天厚土，鸦雀无痕

是冬日

硝河两岸铅华褪尽

邮差以云为马，已不知去向

留下一堆瓦砾，一句谶语

一蓬蓑草，一片江山

风不翻晒过往，也不预知未来

孤独的人怀抱孤独取暖

我在内心发起一场战争

并虚构了一场大雪来完成最后的祭奠

北面的山坡上

一大片坟冢，没有自己的姓名

这些忠诚、服从、无奈，甚至未及发出的家书

陌生的访者

仅仅先于我到达

破坏了它们的宁静和尊严

天空多么干净

一阵风正在赶往羊隆城的路上

孤独的人

看到了自己留在城墙上的影子

与上古年间没有什么两样

马场：草木都有相同的名字和长相

有东马场和西马场，也有上马场和下马场

东马场离旭日近，西马场离夕阳近

上马场有雾，下马场有泉

一片杂木林，是天然栅栏

一道山梁是一个分水岭

草木都有相同的名字和长相

有些用来喂马，有些用来给季节更换妆容

溪水从高处流向低处

一片云雾，一会儿在东，一会儿在西

像来去自由的马群

羊坊：早已被羊遗忘

前面是一片楼群，后面是一座大厦

广场四周绿树和鲜花掩映。抬头望天

两栋楼之间飘着一团洁白的羊毛

剪羊毛的人

把剪下来的羊毛堆在地上

李子花、梨花、丁香花、白牡丹……

一堆又一堆

有时候，堆得比山头还高

一个又一个山头，被羊毛覆盖

风一吹，就散了

像羊群回到各自的栅栏

我这样想象的时候

这个曾经叫羊坊的村子，早已忘记了名字的来历

也被羊遗忘

靖朔门外，曾有大片的庄稼（组诗）

一

靖朔门外，曾有大片无人照料的荒冢被月光疼爱

风吹艾蒿

乌鸦诵经

鹰在梭巡，野兔亡命天涯

一个失魂落魄的外地人

手持香裱、贡果

在荒郊游荡了三天，最终

在干涸的护城河边，双膝跪地，面对苍天一声长叹

草芥一样消失在暮晚的朔风中

二

靖朔门外，曾经有大片的庄稼

麦子灌浆时，豆蔓上盛开了无数朵彩蝶

阡陌交错，井水苦咸

拖拉机不嫌弃耕牛

收割机也不睥睨麦客

胡麻和荞麦睦邻友好

糜子把镀金的手艺传授给整个清水河川道

放鹞子的人江山逶迤

运粮的马车穿过城门，经过墙内西北角的监狱

把喜悦送往粮站或万家灯火

三

靖朔门外，曾有大片的出租屋

酒吧如雨后春笋，经营劣质泡沫

与它毗邻的烧烤店和按摩屋生意火爆

无数个似曾相识的身影，东倒西歪

从这道时光之门穿越那道时光之门

有时，在城墙根下呕吐、撒尿

空气中弥漫荷尔蒙浑浊的气息

（我曾为与之相隔百米的和平门写过一段碑文

左下角王怀凌三个字被尿液反复涂改

那是作为一个写作者最不堪的落款）

一辆侧翻的三轮蹦蹦车宽恕了路上的一摊积水

瞬间即逝的是岁月尴尬慌乱的表情

四

靖朔门外，是大片的楼房和绿地

一只鸟在前面带路。那只鸟可以是青鸟

也可以是鸽子、喜鹊……甚至麻雀

纵横交错的道路像河流

汽车鱼一样游来游去

城门内外呼吸顺畅

有时候我会在城墙公园溜达

有时候绕道上下班

树荫喜欢秦腔，更喜欢童谣

花朵不分贫贱，想给谁笑就给谁笑，白的、粉的、红的、紫的……

像广场舞音乐，一年四季乐此不疲

随便抓一把空气，都有湿漉漉的清甜与欢乐

我真的觉得它已经很好了

然而，它仍被一些丹青高手反复着色

一些已然落在地面

一些还停留在纸上

城墙做了蓝图的封面，门洞成了怀旧的引子

草木经

读《山海经》有感兼致封山禁牧

没有一条鞭子

没有一把剁铲

没有一个牧童

没有放羊的老汉

没有一朵自由出入的白云，溜出制度的栅栏

十年

荒草已遮盖了羊肠小道

雨水在叶子和花朵的脉络上欢实

咒语一样的荒凉

教科书一样的展望

大地自有回报

大地坐落在人心上

青山，你好

绿水，你好

我在一个阳光灿烂的早晨，从屋后的山坡上散步回来

一部《山海经》有潮湿的记忆

"森林茂密，草场辽阔，沃野千里；
谷稼殷积，牛马衔尾，羊群塞道。"

我有一首至今未完成的诗
为你留着大片的空白

蘑菇云以体面和干净

雨后，蘑菇的世界丰盈饱满。

幽暗的树林里，白云伏地而卧，养着内心的佛，以体面和干净。

饱餐后的蚂蚁，在帐篷下躲避露珠。

它忘了自己的法号。

天空出现巨大的蘑菇，一团一团，挤挤搡搡，从天边涌来。

谁的篮子，谁的手，会将你撷走?

常听说有人误食毒菇而命丧黄泉。

我就是那个仰头看云而中毒至深的浪人。

天马行空

应该珍惜最初的写意，像一首小诗，凝练、朦胧。

接着是一篇散文，形散而神聚。

天空是马的故乡。

一匹在天空奔腾的马，统帅它庞大的马群。太阳是一盏马灯，月
　亮也是一盏马灯，星星的萤火虫驮着尘世的微光，一闪一闪。

风是灵魂的歌者。

风一吹，马群就散了。空山有无数个巨大的马厩，收留骄傲的灵魂。

再一阵风吹，一片片玉兰花瓣落在脚下，我只需与它对望片刻，
　它就消瘦成一朵云。

我方悟：低头也有天马行空。

花瓣讲述奔腾的意义。

六盘鸟道

山巅上的一片晴空，是留给大雁的
高处的豁口，是留给鹞子的
山雀儿在树杈垒窝，草丛中捕捉飞虫
除此之外，对于鸟的世界，我知之甚少
但我还知道，花有多香，鸟语就有多欢快
长途迁徙的鸟，每一粒种子都是它的口粮

泾河源头

野草和鲜花替我擦亮了眼睛

鸟鸣又提升了我的听觉

此刻，浓稠的绿色包围着游人，鸟音清脆

流水的大提琴低沉婉转

面对一条清澈见底的河流

我的感叹是无声的，那无声未必缘于压抑

只是多年来养成的一个习惯

溪边

草兀自绿
水兀自流
鸭子兀自散漫

两只大白鹅
一只警觉地看着我
一只盯着溪水中一块光滑的卵石发呆

晌午去溪边濯足的人寥寥
正好，我就做那个吆鸭子放鹅的人

我熟稔的刺刺缨竖起两只耳朵

田埂上，猝不及防的几点绿，像谁

随手丢弃的几枚塑料纽扣，钉在大地冰凉的胸脯

春天还没有跨过秦岭，寒风依旧迈着醉汉的步子游荡于西部大野

我熟稔的刺刺缨已竖起两只耳朵

单薄，顽强

春天的新生儿，两只耳朵，在倾听

远方冰河开裂，土鳖虫缓缓爬动，鸟雀们呼朋唤友……

再一次注视它，我不得不深深地弯下腰

大雁飞过天空

天空似一匹瓦蓝的绸缎。大雁飞过
字幕缓缓移动——两个笔画简单的象形文字
而群山逶迤，秋风吹皱大地
有人抬头仰望，有人低头劳作

此刻，鸟入寒林，虫鸣棘草
除了大雁，我目无众鸟
我相信一只大雁的操守约等于它的信念
为了飞翔，它忽略了肉身
也找到了灵魂

大雁飞过我的领空
西海固睁大泉水的眼睛，清澈地仰望
我极目远眺，陇山一带层林尽染
接近于神谕

芍药花开

如果阳光再多一点，让远处和近处的尘埃落定

十万亩花海，就是一张盛大的婚床

"白牡丹白（者）耀眼呢

红牡丹红（者）破呢"

两朵花并蒂开放，我叫它结婚照

两只蜜蜂静伏在花蕊中，是一对幸福的小冤家

而我只能站在路边，从正午到黄昏

让瘦去的时光在暮色中重返丰盈

面对美色，我总是不能熄灭内心的火焰

不能做到抽刀断水

一次次将她们的年轻与美貌带回

爱恋地珍藏在白纸黑字的宫殿里

慢慢地欣赏、品咂、把玩

我要她们凋谢得慢一些，再慢一些

夜深人静的时候，我轻轻地唤着她们的名字：牡丹、牡丹

我不愿叫她们芍药

小时候，我们就叫她牡丹

多么好

一棵树替我们活着

这是一年中又一次热闹的季节。深秋

叶子在寒风中节节败退

野菊花却开得异常抖擞

山桃、白杨、杞柳、云杉蜂拥而至

一些已在异地扎根，一些还在路上

像赶赴一场约会，或一次集体朝拜

国道两侧，高速公路两侧，旅游景点沿线

这些背井离乡的植物

根系上还留着故土温润的眷恋

就要在此落地生根了

再也回不了故乡

对此，既不喊痛，又不喊冤

它们只是一棵树

也许，若干年后，有很多树已死于非命

也有一小部分艰难地活下来

春天发芽，秋天落叶

早醒的草和晚谢的菊可以见证

它们的身姿也不像我们今天想象的这样挺拔、粗壮

老头树，是它们的集体称谓

但对于大多数参加植树的人来说

也许过了今天，明天就相忘于江湖

却有一棵树会替我们活着

雪地

我愿时光停留在此刻
山川是一张铺开的宣纸
只有白
没有黑

枯草和树木都获得庇护，棉花一样白、一样暖
裸露的岩石，也得到眷顾

一条弯曲的山路如遒劲的枯枝，从幽静处旁逸斜出
伏笔是遇见两只梅花鹿的惊艳与慌乱
但我还是从鹿的眼睛里看到泉水和云朵
鹿鸣呦呦，是大自然的非同凡响

雪地上的印记
是枯枝上纷繁燃烧的水墨
一行诗句单纯的题款

小雪

那时，我在门口扫雪

一朵花热气腾腾地闪过来

挑水的扁担，腰身柔软

我说小雪小雪

红扑扑的脸蛋像熟透的苹果一样光洁

低头一笑

露出比雪还白的小虎牙

天空那么蓝

鸟无依
云无恋

那么蓝，海水一样
却无鱼

昼夜走过，日月轮回
它只交出底色

连一点牵挂也没有
蓝得无法虚构

起风时

起风时，我在一棵山桃树下小憩

花瓣雪片一样纷纷落下，每一瓣都像一颗赴死的心

恰好落在我掌心的，带着伤，豁口暗沉

我看着它在我的皮肤上闪光，直到被又一阵风带走

良久，我仍然忍不住看看掌心

总觉得那是我前世遗弃的一颗痣

我不该让它流落在这荒山野岭

手持铁锹的人，手持大地的手术刀

桃花没有来得及遗憾，热情已消耗殆尽

暮色即将来临，你要加快脚步

还要有足够的耐心等待另一场花事回心转意

杏花捧出蓓蕾的迟疑，试探春天的心跳

必须对沙棘和柠条心怀敬意。你看

它们列队整齐，不动声色地在深渊或峭壁

阻挡风雨中无法自持的黄土黏稠的血液的流失

时间作证，它们的表达是缓慢的

正午的阳光洒在山坡上，枯草没膝

每拉开一个架势，就像莫奈在画布上落下一个败笔

手持铁锹的人，手持大地的手术刀

众多的草根被锋利说服。断裂的声音

有清脆，也有喑哑，但狂野之心不死

刀口涌出新鲜的泥土，温润如脂

草根知道疼，泥土也知道疼

疼痛唤醒葳蕤——在来年

松柏挺翠，桃李彩云，春风送来请柬

牡丹词

那些红肥绿瘦

那些浓妆艳抹

那些雍容华贵

二乔、莲鹤、麟凤、雪夫人、粉香奴璎珞宝珠、飞燕红妆、

　　绿幕隐玉、虞姬艳妆

暖阳慷慨诰封，春风殷勤传谕

4 月热情，人间美好

一朵一朵凤冠霞帔，用惊艳赞美大地

爱花之人潮水汹涌，逼退蜜蜂的歌唱和蝴蝶的舞蹈

但哪一朵都不是专门为谁祝福

我混迹于市井陌上，面目慈祥而心怀火焰

从洛阳到长安，一路欲语还休

默默地把溃败的过往和潦草的日子当春药一饮而尽

然后，再退回到原初的委顿，用余生怅望来世

那么多尤物

那么多倩姿芳容

都体面地活在人世间

魏紫、赵粉、姚黄、胡红、迟蓝、豆绿、夜光白、黑光司

九州腹地，乐土无疆

我都不知道自己到底要喜欢哪一朵

半坡

半坡有花有草
有隐士一样的刺猬和影子一样的翅膀

黑垆土喜马莲、苍耳、断须、刺刺缨……
也曾与洋芋、胡麻、大豆、燕麦争夺天下
如今人迹罕至
来历分明的山路，被野草管辖
茂盛之处，一群野鸡受到惊吓
我无意打扰它们

我更喜欢风中起伏的山河
草树疯长，花开肆无忌惮

站在自家退耕还林的承包田间
我低头闻香的时间
远远多于抬头看云

野胡麻

吸引我的不是浓得化不开的绿，或者燃烧的红
圣洁的白、高贵的黄、神秘的紫。而是
与天空
与海水
同一色系的蓝个莹莹的胡麻花

哦，那一定是多年前遗落的一粒种子
在树苗上山之前潜伏下了
又在我不知情的时候
呼风唤雨，年复一年走完四季

它吸引我回忆从前
低下头，向往事鞠躬，而且
教科书般地吸引着蝴蝶、蜜蜂及一些昆虫们
考古的触角

金鸡坪赏桃花

周末早晨，天气晴朗，气温迅速升高

这是一周最好的时光

能去的地方很多

譬如，回老家种菜

去东岳山踏青

但我鬼使神差地来到了金鸡坪

是什么改变了我的想法

整个上午

我混迹于拥堵的车流中

羡慕那只自由飞翔的鸟

及至午后

才站在一棵桃树下

花朵在风中恍惚

也有一片片花瓣离开枝头

一些陷入未知的旅途

一些像蝴蝶驮着月光

静静地栖息在地面

除了人多、车多

也没有什么特别

我走了这么远的路

只为看一场与门前一样的花开

你好，苍鹭

前半生，在彼此的苍茫里杳无音信

那不是你的错

一片水域的成分错了

鱼儿首先会背信弃义

我最好的年华都在参与改造

把耕地改造成高楼

把大树改造成烟囱

把小溪改造成排污渠

最后，又倒回来改

直到把荒山改造成绿岛

把长篇大论改造成一首短诗

把自己改造成别人

现在，我有广阔的水域和清澈的未来

供养一个骄傲的灵魂

我愿意把它叫作沈家河水库或大湖滩湿地

如果两条纤细的长腿在梦中荡起涟漪

那一定是你动了凡心

草木经

春天发芽，秋后落叶

草木有自己的遵循

如果一朵花赶在倒春寒之前表白，或者表红

一棵树不被秋风超度

也会讲出金黄或火红的旗语

古老的土地一旦有了年轻的姿色

春光就有些泛滥

秋风也有些堕落

绿植涣散

不断缩短的冬天

让一个跟草木打了一辈子交道的园丁

最终，输给了经验

如果雨停了

雨在下，淅淅沥沥下了一夜
还没有停下来的意思

如果雨停了
太阳肯定走到了中天
花草清爽干净
叶子上悬而未决的露珠，收藏了无数个小太阳

我一定会走出家门
古雁岭公园有那么多娇艳的花朵水灵灵地等着我
她们的笑脸
至少会让我年轻十岁

被雨水洗净的天空，鸟儿御风而行
飞机也在这时从头顶掠过
高速公路上疾驰的汽车，前路有放大的辽阔

问题是，雨还在下
雨地里走着一个人，并没有要让雨停下来的愿望
这么好的雨，只有和大地一同体验过干渴的人
才能品出它的神韵

在长城梁看星星

像一些随意泼洒的水珠，悬浮于西海固的夜空，往事明灭不定
每一颗都怀揣钻石之心，每一颗都是不可揣测的神谕

我担心两颗调皮的小水珠抱在一起会掉下来
掉在人间，变成后半生一段刻骨铭心的回忆

直到夜深露重，风头高过渴望
清水河披星戴月。缥缈之水，溅湿了漫长的仰望和遥远的边界

然而，星星没有掉下来。我有一粒沙的浩瀚悲伤
我们中间始终隔着一米夜色的距离

清晨 5 点

鸟鸣和雨水同时降临

在屋顶、在树梢、在地面

在阔大的葵花叶子上

所有的独唱者在尽情地发挥着各自的天赋异禀

没有一个声音可以调和

这多声部的合唱

清晨 5 点，我准时醒来

不喜，也不悲

我似乎在清浅的睡眠中等了一夜。终于

鸟鸣吐出光线

抵达屋檐的眼帘

雨水说服酷暑

露珠挂上叶子的眉梢

隔夜的半杯青山绿水

被一只温热的手无意间晃荡出些许律动